Les JO,
LES DIEUX GRECS ET MOI

© Rue du monde, 2004
ISBN : 2-915569-04-5
Maquette : BHT + K.O.
Direction éditoriale et artistique : Alain Serres

Les JO, les dieux grecs et moi

Viva Fausto !

BERNARD CHAMBAZ

Images de Zaü

RUE DU MONDE

1

Jeudi

C'était un jeudi. Je le sais parce que le soir, j'avais entraînement et j'étais si content que j'avais des ailes. J'ai débordé Lulu à chaque fois, j'ai fait deux petits ponts sur Kader et un râteau devant Benji, et j'ai marqué trois buts et pourtant c'était notre entraîneur dans les buts. Il y a des jours comme ça où tout rigole.

Oui, ce soir-là, il paraît que j'ai joué comme un dieu. L'entraîneur n'a peut-être pas dit « dieu », mais je résume.

En tout cas, il était épaté.

– Bravo mon petit Fausto !

– Merci m'sieur !

– T'as mangé du lion à midi pour être aussi en forme ?

– Non m'sieur !

– Qu'est-ce qui t'est arrivé ?

– J'ai reçu une lettre de mon oncle !

– Tu pourrais pas lui demander de t'écrire toutes les semaines ?

– J'veux bien !

Il faut dire qu'en rentrant de l'école, j'avais trouvé dans la boîte à lettres une enveloppe à mon nom :
Fausto C.
39 rue des Lilas
93 170 Bagnolet
avec deux beaux timbres, un jaune avec des oiseaux et un framboise avec une montagne. Grâce aux timbres, je savais

que c'était mon oncle Martinou. Quand j'ai lu qu'il m'invitait à venir passer les dix premiers jours de juillet chez lui à Athènes, j'étais tellement content que j'ai même oublié de manger mon deuxième pain aux raisins.

J'ai relu la lettre pour être sûr d'avoir bien compris et j'ai fait mon sac en vitesse pour partir au stade. J'étais sur un petit nuage.

Je ne sais pas si vous êtes comme moi, mais le soir après le foot j'aime bien travailler. Pas trop. Juste un peu. Je suis calme et j'ai les idées claires pour une demi-heure. Ce jeudi-là — je me le rappelle bien parce que c'était le même jeudi — j'avais une leçon d'histoire pour le lendemain. Dans la vie, il y a des coïncidences.

Des drôles de coïncidences si on pense que ma leçon portait sur les dieux grecs. Moi, les dieux grecs, j'aime bien. D'abord ils sont nombreux. Ensuite ils ressemblent aux hommes. Et il leur arrive des tas d'histoires plus ou moins incroyables.

Mon préféré, c'est Héphaïstos parce que, pour un dieu, il est plutôt malheureux et comme il boite, il me fait penser au footballeur brésilien Garrincha qu'on surnommait plume d'oiseau (on m'en avait parlé l'autre été, lors de mon tour du monde avec mon père et mon ballon).

J'aime bien aussi Zeus qui passe son temps à se déguiser. Là où il m'impressionne le plus, c'est quand il se déguise en pluie et même en pluie d'or. D'après ma sœur Lilou, il s'appelle aussi Jupiter, et Jupiter a donné son nom au

jeudi. Du coup, je n'ai pas eu de mal à obtenir une bonne note au contrôle d'histoire le lendemain (vendredi).

On était début mai. Il fallait encore attendre deux mois. Et mes parents avaient posé une condition. J'irais à Athènes si j'étais sage jusqu'au jour du départ. Au début, j'ai fait des efforts. J'évitais de courir dans la maison quand mes parents étaient là, de taquiner Lilou même quand mes parents n'étaient pas là car elle me caftait, de bavarder en classe, de piquer des gâteaux dans le garde-manger, de laisser traîner mes chaussures à crampons sur le tapis de la salle de bains, de mettre mes doigts dans le nez. Et puis début juin, ils ont acheté mon billet d'avion et alors j'étais tranquille et je me suis un peu laissé aller.

Mon oncle est archéologue. Il s'intéresse aux ruines, aux vieilles pierres, aux vieilles poteries, aux vieux outils en bronze, aux vieux masques en or, aux sentiments des Grecs anciens, à tout ce qui a disparu. Il n'a pas d'enfant mais il a beaucoup de femmes. J'aime beaucoup la dernière, celle qu'on a vue à Noël. Elle s'appelle Alaya Zetas et elle a des yeux très noirs.

Les ruines ne me déplaisent pas. Mais ce sont surtout les jeux Olympiques qui me plaisent. Car cette année, ils se déroulent à Athènes, et comme dit Grand-père, j'aurai la chance de faire mes premiers jeux Olympiques. Lui, il prétend qu'il a failli être sélectionné pour les Jeux de Mexico en aviron mais qu'il a préféré Grand-mère aux rameurs. Grand-mère, elle rigole et je ne sais pas qui croire.

En général, Grand-mère a raison, mais avec Grand-père on peut s'attendre à tout.

Il prétendait qu'aux jeux Olympiques avait lieu une épreuve de tir sur un sanglier courant. Il a parié avec mon père, qui était sûr d'avoir déjà gagné un abonnement d'un an à *L'Équipe* (c'était l'objet du pari).

Mais c'est Grand-père qui avait raison et qui en a profité pour nous raconter le jour où il avait chassé un éléphant dans la brousse et la nuit où il s'était battu avec un ours dans le Grand Nord.

2

OLIVIERS

À deux heures, j'étais encore rue des Lilas.

À huit, on arrive devant la maison de mon oncle, dans une rue en pente, avec des petits arbres. Ça doit être des citronniers. À cause des citrons sur les branches. Mon oncle me montre la chambre d'amis. Il dit que ce sera très bien pour son neveu (moi). Et qu'on va passer une chouette semaine entre hommes. Et Alaya ? Eh bien, Alaya est partie vendre des cheminées à

Thessalonique et ne rentrera que le jour de mon départ.

Martinou est bon cuisinier et il a préparé des tomates et des aubergines farcies. Je me régale et j'oublie le nom des épices dont il s'est servi. Ensuite, on regarde ensemble *Gladiator* en DVD, en version grecque. Comme j'ai déjà vu le film, je suis l'histoire sans difficulté. Après un dernier verre (d'eau), il me souhaite bonne nuit et m'annonce que demain matin on a rendez-vous à neuf heures sur le site de Kefelos.
J'y retrouverai Ménélas, le fils de son collègue archéologue, un garçon de mon âge.

J'ai du mal à m'endormir. À cause de l'excitation, des odeurs, de la musique dans la rue. Au pied du lit, je ramasse un livre qui retrace l'histoire des jeux Olympiques. Je me contente de regarder les photos et de lire les légendes (des photos).

Je finis par m'endormir aux antipodes, du côté de Melbourne, entre une photo d'un judoka japonais et celle d'une gymnaste russe aux barres asymétriques. En tout cas, je fais un rêve dont je me souviens le lendemain (c'est rare). Je nage, je nage, je me retrouve sur une plage de sable blanc.

Après une douche, un yaourt au miel et un gâteau à la semoule, nous voilà en route vers Kefelos. On longe des bâtiments industriels. Il fait déjà très chaud. Je transpire comme si j'étais encore sous la douche. Tout à coup, je repense à Alaya.

– Dis donc, Martinou, t'es sûr pour les cheminées ?

– Quelles cheminées ?

– Les cheminées qu'Alaya est partie vendre je sais plus où !

– Oui ! Pourquoi ?

– Pas besoin de cheminées dans un pays pareil !

– Tu n'as pas pensé à l'hiver ! Il fait froid ! Il y a même de la neige !

– Non !

– Je te le jure ! Sur la tête d'Alaya Zetas !

De la neige en Grèce, première nouvelle, mais si mon oncle le dit et le jure sur la tête de son amoureuse, je le crois. En tout cas, la neige me laisse muet. Et par cette chaleur, ce n'est pas plus mal.

Le site me déçoit. Ce n'est qu'un champ, doré, mais un champ, avec des cailloux et des herbes déjà jaunies, pas d'ombre, à part une baraque et un bosquet d'oliviers au fond du champ. Ménélas est déjà là. Mon oncle a dû se tromper. Il est grand comme Coco, mon copain de classe qui a déjà redoublé deux fois à cause d'une maladie (en fait, il s'appelle Frank, mais on l'appelle Coco parce qu'il bégaye un peu et qu'il dit toujours « Co-co-comment ? » quand les professeurs l'interrogent). Ménélas a une tête de plus que moi et des cheveux noirs et un tee-shirt et un short bleu ciel et des tennis noires.

J'ai de la chance. Ménélas aime le sport. Lui, sa préférence va à l'athlétisme. Moi, j'aime bien courir et sauter. On est faits pour s'entendre. Surtout qu'il est ingénieux, comme Ulysse ou Mac Gyver. Il a apporté une ficelle. Il me montre la ficelle, il me montre les oliviers. On n'a même pas besoin de se parler, on se comprend.

La ficelle fait deux mètres et il a mis une marque de feutre orange tous les dix centimètres. Il calcule le long d'un tronc une hauteur de un mètre, puis on attache chacun un bout de la ficelle à deux oliviers. Je me dis qu'on commence facile. Et je n'aurai pas à sauter en Fosbury, d'autant qu'ici on n'a pas de tapis de réception. Mais, quand je recule pour prendre mon élan, il me dit non (en grec). Je finis par comprendre qu'il veut qu'on saute sans élan.

À midi, on casse la croûte. L'après-midi, on fait la sieste. Quand le soleil est redescendu derrière les oliviers, Ménélas et moi reprenons nos épreuves d'athlétisme.
L'heure est au saut en longueur. Cette fois-ci, on saute avec élan. Je vais moins loin que Ménélas mais, à mon onzième

saut, j'atterris juste au-delà d'une ficelle et demie. Évidemment, à Mexico en 1968, les Jeux auxquels Grand-père aurait sûrement décroché une médaille, un Noir américain, Bob Beamon, a sauté 8,90 m. On vérifie la distance avec notre ficelle. Près de quatre ficelles et demie. On hoche la tête. Je fais signe à Ménélas. Si on essayait de le dépasser au triple saut. On y parvient à peine mais on rentre à Athènes la tête haute.

Ménélas me serre la main. Son tee-shirt et son short ne sont plus vraiment bleu ciel ou alors bleu ciel d'orage. Mon bermuda ne vaut pas mieux. Mon oncle ne remarque rien. Quelle journée magnifique ! J'ai toujours adoré l'archéologie !

3

JADIS

Ce soir, mon oncle me propose d'aller
dîner dehors. On commence par
s'arrêter devant un kiosque où un
bonhomme, qui ressemble à l'image de
Zeus dans mon livre d'histoire, vend des
feuilletés. J'ai le choix entre feuilleté au
fromage et feuilleté aux épinards.
J'hésite. Comme d'habitude. Je ne sais
quoi choisir. Le fromage me plaît et les
épinards sont pleins de fer. Demandez
un peu à Popeye et à Zizou. Finalement
je prends les deux. Et à la taverne, sous
un auvent de toile où un peintre du

dimanche a peint les cinq anneaux olympiques, je me contente d'un plat de calamars et d'une glace à l'ananas.

Avant de rentrer, on se promène dans les rues et Martinou me montre le vieux stade olympique. Il est en forme de U, tout en marbre blanc. C'est là que jadis avaient lieu les Jeux. Jadis, c'est il y a deux mille cinq cents ans. Et c'est aussi il y a cent ans (cent huit ans pour être précis) car ce même stade de marbre blanc a accueilli les premiers Jeux de l'ère moderne. D'après mon oncle, treize nations y participèrent, ce n'est pas beaucoup, et 60 000 spectateurs y assistèrent, c'est beaucoup. Parmi eux, le roi qui tire une triste mine parce que tous les concours de sauts sont gagnés par les touristes américains. Toutefois il embrasse les médaillés de bronze. Joannis

Persakis au triple saut (avec 12,52 m) et
Joannis Theodoropoulos à la perche (avec
2,85 m). Un drôle de roi, comme quoi les
rois peuvent être drôles. D'ailleurs,
quelques années plus tard, il courra avec
un Canadien un marathon lors de jeux
pirates.
Et les dames ? Pas de dames ! D'après
mon oncle, c'est dommage. Je suis
entièrement d'accord avec lui. Et les
Français ? Ils s'illustrent en escrime et en
cyclisme. Un autre champion gagne une
épreuve aussitôt supprimée : douze
heures de vélo sans s'arrêter, et un peu
plus de trois cents kilomètres au
compteur, record olympique éternel.

La promenade continue dans la ville
illuminée. Sur une petite place, on
achète des cartes postales. Une pour
mon cousin Gino ! Une pour mes

parents et Lilou (la même) ! Et deux pour les quatre grands-parents !

– Combien tu en prends finalement ?

– 1 + 1 + 2 = 4 !

– Tu es sûr ?

– Que 1 + 1 + 2 = 4 ?

– Non ! Que tu envoies seulement quatre cartes !

– Ce n'est pas toi qui les écris !

Je les écrirai en rentrant et je serai tranquille. Mais j'hésite entre une vue de l'Acropole, un discobole et deux soldats en jupette et pantoufles au garde-à-vous devant un palais. Finalement je prends l'Acropole pour mes parents, le discobole pour Gino, et les deux soldats en jupette et pantoufles pour les quatre grands-parents. On achète les timbres jaunes et framboise. Martinou me dit encore que, pour financer les Jeux, la Grèce de jadis avait émis des timbres-

poste (d'une autre couleur) avant qu'un très riche mécène ne mît la main à la poche. Parce que ça coûte très cher.

Sur le chemin du retour, on longe le nouveau stade olympique qui ressemble à un immense bateau et qui n'est pas encore achevé. On est abordés par deux types en chemise hawaïenne qui nous parlent en français. Ils nous proposent des billets pour la cérémonie d'ouverture. Mon oncle leur répond qu'il a déjà des places et les chemises hawaïennes n'insistent pas. Il attend qu'ils aient tourné le coin de la rue et me raconte alors le mystère Kokkos.

Voilà donc enfin un mystère !
Et moi j'aime les mystères. On est toujours un peu déçu quand on les dévoile, mais quel plaisir tant qu'on est

dans le brouillard et qu'on essaie d'en deviner les ressorts !

Ici, il s'agit d'une vaste entreprise d'escroquerie. Une bande de trafiquants a fabriqué des faux billets et les vend. La police a déjà arrêté plusieurs suspects mais la contrebande continue. Le cerveau serait un dénommé Kokkos. Pour l'approcher, un journaliste a réussi à entrer dans la bande, mais après son article dans *Aletheia* (d'après Martinou, ça veut dire « Vérité »), il a été découvert et menacé de mort s'il publiait la suite. Une autre journaliste a repris l'enquête. Le hasard fait bien les choses. C'est la mère de Ménélas.

Soudain je sens des gouttes sur mes bras. Je regarde le ciel. Les étoiles brillent. Il doit quand même y avoir un petit nuage juste au-dessus de nous. À la maison, on bavarde de ma vie rue des Lilas. Mon oncle Martinou est discret. Finalement, qu'est-ce que je sais de lui ? Qu'il mesure 1,85 m, qu'il a les cheveux bouclés, des yeux en amande, qu'il est archéologue, qu'il aime les calamars et qu'il est amoureux d'Alaya Zetas. Et qu'à mon âge, il sautait à la perche aussi haut que la médaille de bronze de jadis. Ce n'est pas le fils de Gand-père pour rien.

4

OBOLE

Je suis à Kefelos depuis plus d'une heure et j'ai déjà trouvé deux tessons de poterie avec des dessins géométriques. Il suffit de se baisser et de gratter le sol avec une brosse. Évidemment ça fait un peu de poussière mais ma mère est à 3 000 kilomètres d'ici et, si j'ai de la chance, je trouverai peut-être un tesson avec le dessin d'un bonhomme ou d'une jambe.

À la place, je trouve une petite pièce de monnaie toute rouillée. Je cours à toute vitesse chercher mon oncle dans la baraque où il range des épingles en ivoire au milieu des bijoux en pâte de verre et des bustes sans bras. Il dit qu'il s'agit d'une obole mais que je ne suis pas riche pour autant. À condition de me taire, j'ai le droit de la garder. Au fond de ma poche, j'ai donc un trésor qui représente de la maille. Un sixième de la drachme, la monnaie grecque de l'époque, pour rester précis. Martinou ajoute qu'on la mettait dans la bouche des morts pour qu'ils puissent payer leur passage sur l'autre rive du fleuve des morts.

– Pour de vrai ?

– Oui, on la plaçait sous la langue !

– Mais ton fleuve des morts, il existe vraiment ?

– À ton avis ?

– J'ai du mal à y croire !

– En tout cas, mon beau Fausto, tu vois

qu'une fois encore l'argent mène le monde !

Là, il me laisse sans voix. Je demeure songeur un instant, avant que Ménélas n'arrive enfin. Aujourd'hui il est habillé en bleu foncé. C'est sûrement plus sage. Il a les mêmes chaussures et avec mon meilleur accent new-yorkais, je le félicite pour ses Nike. Lui, il me répond avec un grand sourire que ce ne sont pas des Nike mais des « Nikè » (il prononce « nikè » comme « tourniquet »). Voilà encore un mystère ! Quand je le fais remarquer à mon oncle, il m'explique que « nikè » n'est pas une injure mais un mot qui signifie « victoire » en grec. Franchement, j'aime autant.

Ce matin, grâce au sport, je fais des progrès en grec. Je connaissais quelques

mots, comme « bibliothèque » et
« archéologie ». Mais j'élargis mon
éventail. Maintenant je sais dire
« ballon » et « courir » et « sauter » et
même « lancer », qui ressemble à
« ballon » en français, il ne faut pas se
tromper. Cela dit, je ne risque ni
interrogation écrite ni interrogation
orale. En prime, je m'amuse à déchiffrer
quelques mots sur les ruines. Je suis assez
fier quand je reconnais le nom du dieu
Apollon. J'évite de le montrer, que je suis
fier, mais une découverte pareille ça vaut
une belle reprise de volée du pied gauche.

Et puis je sais compter. Au moins jusqu'à
dix (*deka*). Tout ça parce que Ménélas a
proposé qu'on fasse un décathlon. Donc
dix épreuves. Quatre courses, trois
lancers, trois sauts. La course la plus
amusante est le 110 mètres haies parce

qu'il faut trouver des haies. On se rabat finalement sur des cageots de tomates qu'on assemble deux par deux et qu'on fait tomber une fois sur deux (mais c'est autorisé par le règlement). Au lancer du disque, on choisit un frisbee. Et le frisbee, qui n'est pas lourd, vole et finit souvent au milieu des oliviers.

Je connais même le nombre onze. *Endeka.* Ménélas a répété *endeka, endeka...* à la fin de notre décathlon. Mais je suis sûr qu'il s'est compté un point de trop. Quand je râle auprès de mon oncle, il me demande si je n'ai jamais triché. Même un tout petit peu. C'est humain. Et il paraît que les jeux Olympiques n'y ont pas échappé : aux jeux Paralympiques on a dû disqualifier des concurrents qui s'étaient fait passer pour des handicapés.

Dès les Jeux de 1904, aux USA, un marathonien a fait la moitié de la distance en voiture et n'a pas hésité à recevoir le bouquet du vainqueur et recueillir des félicitations jusqu'à l'arrivée du vrai vainqueur, un vainqueur qui avait quand même avalé une poudre de perlimpinpin avec du cognac.

Le pire, c'est qu'à ces mêmes Jeux les officiels ont organisé des épreuves réservées à des peuplades comme les Sioux, les Pygmées, les Patagons. Le public se moquait d'eux et leur lançait des quolibets parce que les Sioux, les Pygmées, les Patagons ne voyaient pas pourquoi ils sauteraient des haies alors qu'il était si simple de les contourner.

Martinou promet qu'il n'invente rien. À force de bavarder, l'obscurité recouvre

le champ de fouilles. Il est l'heure de rentrer à Athènes. Et j'en suis déjà à la fin du quatrième jour. Plus du tiers de mon séjour. C'est fou ce que le temps passe vite. Tout juste si j'ai le temps de me laver les dents une fois dans la journée.

Surtout que demain matin, on part pour Patras. J'accompagne Ménélas et sa mère qui doit y rencontrer un correspondant énigmatique dans le cadre de son enquête. Ménélas va chercher dans la voiture de son père une carte routière et la déplie. Il me montre un point au milieu à gauche. Patras a l'air bien située. Il paraît que c'est la troisième ville du pays et qu'on y mange un excellent riz au lait.

5

JAVELOT

Ce que j'aime en voyage, c'est la route.
On voit défiler le paysage, on pense à tout
et à rien, et de temps en temps, on s'arrête
à une station-service pour prendre de
l'essence et s'offrir une glace (de préférence
quand on voyage l'été). Aujourd'hui c'est
moi qui régale. Il faut savoir dépenser son
argent. Trois bâtonnets citron = trois
euros = dix-huit oboles peut-être. La vie
est belle, le monde est simple.

Les choses se compliquent un peu quand
on sort de l'autoroute. Est-ce qu'on n'est

pas suivis ? Nitsa — la mère de Ménélas — s'inquiète. Elle nous demande de vérifier, discrètement, si la voiture gris métallisé, oui, avec les phares allumés, nous suit. Ménélas murmure une réponse que je ne comprends pas. Moi je lui dis de ralentir comme j'ai vu faire au cinéma. La ruse est imparable.

La voiture gris métallisé avec les phares allumés nous double. On est rassurés. Pourtant un détail retient mon attention. Mais quoi ? Je sais que je viens de voir quelque chose d'important, mais j'ai beau chercher, je n'arrive pas à trouver quoi.

Nitsa est aussi belle que ma mère. En plus, elle a une longue et épaisse chevelure qui flotte au vent. Et elle a un don pour la conversation. Ça doit être son métier de journaliste.

– Tu as entendu parler de Corinthe ?

– Oui !

– Tu connais le canal ?

– Non ! Les raisins !

– Toi alors ! Tu ne penses qu'à la nourriture !

– Je pense à plein d'autres choses, mais les raisins secs c'est drôlement bon !

Quand on franchit le canal, je suis impressionné par la hauteur du pont. Je n'aimerais pas trop plonger. Surtout qu'il y a des méduses grosses comme des phares de voiture. Elles sont violettes et viennent de la mer Rouge, larguées par les gros bateaux qui vidangent. À cause du vent, il y a aussi des vagues et parfois des petites tempêtes. Nitsa ajoute qu'aux premiers jeux Olympiques, on avait dû annuler les épreuves d'aviron à cause de la mer houleuse. Je repense à Grand-

père et je regrette de lui avoir déjà envoyé la carte postale avec les soldats en jupette et pantoufles. J'aurais mieux fait d'attendre, j'aurais eu un truc plus original à écrire.

Eurêka ! Les chemises hawaïennes ! Voilà le détail qui avait retenu mon attention. Le chauffeur et le passager de la voiture gris métallisé portaient des chemises hawaïennes. Évidemment c'est peut-être un hasard. Mais peut-être pas. On peut toujours recourir au calcul de probabilités. Il faudra rester vigilant.

Nitsa conduit d'une main. Elle me demande si je connais l'histoire Boiteux. Oui ! Je connais un boiteux, je peux frimer, c'est Héphaïstos. Eh bien non ! Celui-là c'est son vrai nom. Le dénommé Jean Boiteux est un nageur.

Il est le champion olympique du 400 mètres nage libre en 1952 à Helsinki, en Finlande, le pays aux 1 000 lacs, 100 000 sapins, 100 000 000 de moustiques, des moustiques femelles, ceux qui piquent (Grand-père m'avait éclairé sur le sujet). En tout cas, à l'arrivée du 400 mètres, le père de Boiteux — fou de joie — saute tout habillé dans la piscine, coiffé d'un béret basque.

L'histoire est plutôt rigolote, plus rigolote en tout cas que celle d'Égée qui avait plongé — tout habillé lui aussi — et s'était noyé dans la mer qui désormais porte son nom. Il croyait en effet que son fils Thésée, le héros d'Athènes, l'étourdi qui avait oublié de changer la voile noire de son navire contre une voile blanche, était mort dans son combat contre le Minotaure.

À force, on arrive à Patras. Nitsa cherche dans son calepin l'adresse du correspondant énigmatique, rue Seferis, une rue parallèle au port. Le type a un nom bizarre. Pied-Agile. Il doit lui faire des révélations sur les hauts personnages qui commanditent l'escroquerie des faux billets et sur les appuis dont ils disposent dans la police. Nitsa estime que l'entretien durera une heure. Elle nous dépose à un cybercafé voisin où on l'attendra.

Elle revient au bout de cinq minutes. Elle a l'air excitée. Elle raconte sa brève aventure d'abord en grec pour Ménélas, puis en français à mon intention. Pied-Agile n'était pas là, mais comme la porte de son appartement était ouverte, Nitsa était entrée et avait vu les tiroirs renversés et les armoires sens dessus dessous.

Sur la glace de la salle de bains, une main avait tracé au feutre noir les trois lettres KKK.

Le mystère Kokkos rebondit. Après toutes ces émotions, une balade au bord de la mer s'impose. Je suis déçu parce qu'il n'y a pas de sable sur la plage mais des galets, des déchets, un bout de bois rejeté par la mer. Il est tout blanc et tout lisse. Ménélas le ramasse et le lance comme un javelot. Je lui propose un concours. Il accepte.
Le vainqueur choisira le jeu vidéo pour la soirée.

6

OLYMPIE

Tôt ce matin, pendant que nous dormions, la fenêtre grande ouverte et le drap en boule par terre, Nitsa a reçu un appel téléphonique de Pied-Agile. Il lui a donné rendez-vous en toute fin d'après-midi dans les jardins de Zeus, non loin du fortin. À condition que son article paraisse dans les meilleurs délais et que la police ne soit pas prévenue. Le saccage de son appartement, hier, l'a convaincu de parler au plus vite.

En attendant, quartier libre. Si nous allions à Olympie ! Nitsa a une bonne

idée. On s'offre donc une petite escapade pour une grande journée. Ménélas monte à côté de sa mère. Moi j'ai toute la banquette arrière. Je suis impatient de voir ce lieu célèbre.

Nitsa sourit parce que je confonds encore Olympe et Olympie. Alors, une fois pour toutes : l'Olympe est une montagne au nord de la Grèce où habitaient les dieux de la mythologie. Olympie c'est ici. On roule dans une plaine du sud-ouest, sur une petite route bordée de roseaux.

Le site est vaste. On y pénètre par un bois sacré. On y découvre des palestres qui sont comme des gymnases, des portiques, des trésors, des thermes, des temples, et même une hôtellerie romaine. Évidemment tout est en ruine mais on peut imaginer à quoi le site

ressemblait à l'époque. Surtout avec l'image qui le reconstitue dans le guide.

Et puis il y a le stade. Celui où se déroulaient les Jeux autrefois. Les premiers remontent en 776 avant notre ère et, pendant douze siècles, ils ont eu lieu tous les quatre ans. Le premier vainqueur se nommait Koroïbos, un cafetier de la ville voisine, qui gagna la course du stade, soit une longueur de 192 mètres. Son nom est gravé dans le marbre. Avec lui l'histoire commence, c'est vrai, on ne sait pas quand les Grecs ont pris Troie ni quand Homère a écrit l'*Iliade*, mais on sait quand Koroïbos a gagné la première épreuve des jeux Olympiques.

Nitsa dit encore que ces Jeux assuraient une paix forcément provisoire ; qu'une ville de toile s'établissait alentour, avec des spectateurs, des marchands, des parieurs, des trafiquants ; que les épreuves étaient réservées à la petite minorité des citoyens, donc interdits aux esclaves et aux métèques, et aussi aux femmes mariées. Une mère qui s'était déguisée pour assister à la victoire de son fils avait même été condamnée à mort avant d'être graciée parce qu'elle était de bonne famille. Pour des inventeurs de la démocratie, c'est surprenant. « Peut mieux faire », comme dirait ma prof d'histoire.

J'entre sur le stade par la même porte que les athlètes de l'époque. Je ressens une vive émotion. Une bande de calcaire blanc figure la ligne de départ. Il y a même des rainures qui sont des starting-blocks. Comment ne pas disputer une course ? Ménélas part le plus vite, j'ai l'impression que je ne pourrai jamais le rattraper, mais je sens que l'écart se maintient puis diminue, alors je repense au conseil de notre entraîneur de foot, je donne tout ce que j'ai dans les jambes et dans les poumons, je comble peu à peu mon retard, je le bats sur le fil. Il n'y a pas de fil, je sais, c'est une expression, mais c'est tout à fait ça pourtant. Et on peut dire aussi que je me suis dépouillé et que j'ai été à l'agonie.

Maintenant repos. Pique-nique. Bien-être. Allongé sur le talus qui borde le théâtre de mon exploit. Pas envie de repartir.
Vers quatre heures, il faut bien y aller. Cette fois-ci, je monte à l'avant de la Fiat. L'air chaud m'endort. J'ai quand même l'esprit assez clair pour calculer

que j'en suis à la moitié de mon séjour.

À l'arrivée, pendant que Nitsa vérifie le bon état de son magnétophone portable rafistolé, je téléphone à mon oncle. Martinou sort de la douche et sirote une limonade.

Il est jovial, il plaisante. Il me félicite pour ma victoire sur le stade comme si j'étais en effet un héros. À demain.

7

JETONS

Pour être franc, j'ai les jetons.
J'ai la trouille. En bon français, je
flippe.

L'inquiétude de Ménélas déteint. À neuf
heures, sa mère n'est toujours pas
rentrée. On décide, à mots couverts,
d'aller à sa rencontre. Au début, c'est
facile. Il suffit de se diriger vers le fortin.
Ensuite, on se renseigne pour trouver les
jardins de Zeus.
Assis à une terrasse où il égrène son
chapelet pendant que ses collègues

jouent aux dames, un vieux monsieur nous indique la direction d'un geste mesuré. Les jardins ne sont pas loin. Ils ne sont ni vastes ni fréquentés. On croise des démunis et des amoureux. Mais pas de Nitsa, pas de trace de Nitsa dans les parages. Que faire ?

J'ai vu dans un film que les fins limiers fermaient les yeux pour mieux imaginer ce qui s'était passé et dans quelle direction était partie la personne recherchée. Alors je ferme les yeux. Sans grand succès, je l'avoue. Ménélas a dû voir un autre film car, lui, il regarde attentivement les traces de pas sur l'allée centrale du jardin.

Dans toute enquête, il faut se fier à un bon esprit de déduction. Nos pas nous dirigent ainsi vers la rue Seferis et le domicile de Pied-Agile. La rue Seferis n'a pas bougé d'un pouce depuis hier. En revanche, on ne sait pas quelle est sa maison. Nous sommes sur le point de céder au découragement (et à la faim), quand je vois deux types en chemise hawaïenne sortir d'un porche. Je tire Ménélas par le bras. Il ne comprend pas. Je lui montre son tee-shirt bleu azur où est écrit OLYMPIAKOS. Il ne comprend pas davantage. Je renonce à lui expliquer. Mais quand les types tournent au coin de la rue et descendent vers le port, on leur emboîte le pas. Si la filature ne donne rien, nous remonterons jusqu'à la maison d'où ils sont sortis.

Pourtant, je jurerais que ce ne sont pas les mêmes types que l'autre jour. Ou il s'agit de touristes ou nos trafiquants forment le gang des chemises hawaïennes. La filature aiguise mes souvenirs de lecture. On respecte une distance de trente mètres pour ne pas être repérés.

Je m'apprête à prendre un air indifférent au cas où ils se retourneraient. Mais mes souvenirs de lecture plus récents me rappellent qu'à l'origine les jeux Olympiques étaient des jeux funèbres célébrés en mémoire d'un enfant disparu. Je réfléchis vite. Si j'aime bien Nitsa, la prudence est de mise.

Je flippe, tu flippes, il flippe, nous flippons, vous flippez, ils flippent.
Je flippais, tu flippas, il a flippé, nous flipperons.
Que je flippe, que nous flippassions.

Un truc pareil, je vous promets que ça calme. Même si je m'inquiète. De son

côté, Ménélas murmure des mots que je ne comprends pas. À part deux syllabes qui reviennent souvent. En grec, peur doit se dire *phobos.*

En tout cas, si on a peur (pourquoi le cacher ?), il n'est pas question de fuir.

Tout est bon pour penser à autre chose. Que le flip est aussi un saut périlleux, avant ou arrière, je conseille d'essayer plutôt le flip avant.

Que le flip est encore un alcool sucré chaud ou un cocktail et que je boirais volontiers un verre de thé glacé.

Qu'on flippe quand on ne plane plus, que c'est une forme d'angoisse, et qu'on n'a jamais manqué de vocabulaire pour le dire : la frousse, la pétoche, les chocottes, avoir les grelots, avoir les joyeuses qui font bravo. Et parfois avoir les boules.

Puisque les chemises hawaïennes sont montées sur un bateau battant pavillon panaméen, on fait les cent pas devant la passerelle.

Ménélas calcule la longueur du bateau. Il réitère ce qu'on avait fait tout à l'heure au stade pour vérifier sa longueur : un pied devant l'autre comme quand on tire les équipes. Nitsa nous avait dit que le stade représentait 600 fois les pieds d'Héraclès. À peu près comme nous.

J'en tire une conclusion surprenante : Héraclès, c'est-à-dire ce cher Hercule, n'avait pas de grands pieds. Ce qui est étonnant pour un héros renommé pour ses douze travaux.

Leur bateau lève l'ancre. Que faire ? On ne va pas se jeter à l'eau. Parmi les passants qui se promènent sur le port, j'entends deux jeunes (des jeunes qui ont deux fois notre âge) qui parlent français.

– Eh, m'sieur !

– Mais qu'est-ce que vous faites là, les gamins ?

– On attend la mère de mon copain et on a les jetons !

– Pourquoi ? Vous allez jouer au casino ?

– Rigolez pas ! On est sérieux !

– Qu'est-ce que c'est que cette histoire ?

– J'vais vous raconter !

Je leur raconte.

– Si tu veux, on va aller voir là-haut !

Du coup, on remonte avec eux jusqu'à la rue Seferis. Ils nous rassurent, nous répètent de rester « cool ».

À propos de jetons, il paraît que les Grecs anciens inscrivaient leurs votes sur des jetons. C'est la meilleure de la journée.

Tout serait parfait si on retrouvait Nitsa.

8

ONOMATOPÉES

Nos deux compagnons sont des étudiants en cinéma qui gagnent de l'argent l'été en escortant des touristes en croisière sur un grand bateau blanc. Gilles (le petit) porte un bandana rouge et Christophe (le grand), un bermuda beige où il a cousu sur les fesses une pièce de tissu bariolé.

Ils ont gardé leurs lunettes de soleil et partagent un baladeur sur lequel ils écoutent le dernier CD d'un groupe anglais de hard-rock.

Derrière le porche d'où étaient sortis les types aux chemises hawaïennes, il y a un couloir aux murs écaillés puis une cour sombre. Au fond de la cour, il y a un local sans fenêtres. Sur la porte, j'avise une plaque en cuivre au nom de Kokkos. Sous la porte, on voit filtrer un rai de lumière.

On peut supposer qu'il y a quelqu'un à l'intérieur.

Il faut faire le point pour décider de la stratégie. Ou on frappe à la porte en jouant les innocents. Ou on essaie de l'ouvrir avec toutes les conséquences fâcheuses imaginables. S'il faut se battre, je ne serai pas le dernier. Je suis costaud, et si je n'aime pas donner des coups, j'aime encore moins en recevoir. Ménélas n'a sûrement rien à m'envier. Et puis, en bon fils d'Achille, il ne doit pas dédaigner la lutte gréco-romaine. On hésite quand Christophe remarque un halo de lumière sur le toit du local. Gilles et Ménélas montent le long de la gouttière et prennent pied sur le toit. Christophe et moi, on surveille l'entrée de la cour. On se parle à voix basse. Eux en font autant là-haut et s'approchent doucement du halo de lumière.

Et puis soudain, je vois Ménélas qui entrouvre un vasistas, qui se penche, dit quelque chose que je ne comprends pas, et encore plus soudainement je le vois disparaître. Il a sauté à l'intérieur du local. Une minute après, il nous ouvre la porte. Il a un sourire large comme les épaules d'une statue antique.

On entre dans une vaste pièce à peu près vide à part une chaise et une corde au pied de la chaise.

Nitsa est fière de Ménélas. Il le mérite.
Mais après l'avoir embrassé, elle le gronde.
Je le comprends au ton qu'elle emploie.
Ma mère n'avait pas agi autrement le jour
où je m'étais jeté dans la rivière pour
rattraper son foulard italien qu'un coup
de vent y avait entraîné.

Nitsa nous raconte alors ce qui s'est
passé. Elle a les yeux brillants. En fait,
tout est très simple.
Après lui avoir confié tous les ressorts de
l'affaire et le nom du commanditaire,
Pied-Agile l'avait conduite ici pour lui
montrer l'entrepôt de faux billets. Ils
avaient été surpris par deux types aux
chemises hawaïennes. Pied-Agile avait
réussi à s'enfuir.
Elle était restée prisonnière et les deux
types l'avaient attachée à la chaise et lui
avaient posé un bandeau de coton sur la

bouche avant de l'abandonner.

Un point m'intrigue.

– Qu'est-ce qui ce serait passé si on n'était pas venus ?

– Je préfère ne pas y penser !

– Et ils t'ont pris ton magnétophone ?

– Oui !

– Alors tu as tout perdu !

– Non, mon petit Fausto, tu oublies qu'on a une mémoire !

Au terme de son récit, Nitsa nous propose d'aller dîner. Enfin. J'ai une faim de loup. Elle invite aussi Gilles et Christophe qui acceptent avec plaisir.

Elle connaît un petit restaurant place Olgas où on mange d'excellentes feuilles de vigne farcies. On a droit aussi à des brochettes, heureusement, et en dessert je prends un riz au lait à la cannelle.

Efkharisto. Dans les grandes occasions, je n'oublie jamais de dire merci.

À minuit, la place reste animée grâce au festival. J'adore l'odeur de vanille qui semble tomber des arbres où on devine des ribambelles d'oiseaux. Nitsa préfère pourtant rentrer cette nuit à Athènes. Aucune raison de s'attarder ici et elle veut écrire son article au plus vite. Gilles et Christophe nous accompagnent jusqu'à la voiture que nous avions laissée à côté du fortin.
On les remercie pour leur aide et ils nous félicitent pour notre courage et on se dit adieu. Eux doivent remonter sur le bateau et reprendre leur croisière demain matin à six heures. À cette heure, je serai dans mon lit chez Martinou.
Par la vitre, je regarde la mer sur ma gauche et la montagne sur ma droite.

La lune éclaire le paysage. Je n'ai pas envie de dormir. Des images et des mots se bousculent dans ma tête et fabriquent une espèce de poème avec *stade* et *rai de lumière* et *calcaire blanc* et *bandeau de coton* et *soleil noir*.

Il me manque juste un stylo pour l'écrire, mais il pourrait recevoir une médaille comme les odes que composaient les poètes pour les Jeux antiques et même pour les premiers Jeux modernes.

Tant que j'y suis, j'invente un autre poème avec des onomatopées qui évoquent les flonflons de la fête ou le gazouillis des oiseaux ou encore — comme on avale les kilomètres — le moteur de la Fiat qui vrombit.

9

JARRE

Yassou !

Martinou sourit quand je lui dis « salut » en grec. Je me réveille à midi. Le soleil inonde mon lit. Après une bonne douche, je fais un sort à la moitié du pot de confiture de figues que j'avale (les figues) et que j'étale à la cuiller sur une galette de pain (le sirop). C'est l'avantage d'habiter chez mon oncle parce que, à Bagnolet, ma mère aurait rangé le pot avant que j'aie eu le temps de dire « ouf ». Ensuite, je m'assieds sur le sofa et je feuillette le livre sur l'histoire des jeux Olympiques pendant que Martinou dessine. J'éprouve le drôle de sentiment d'être rentré chez moi, alors que je suis à Athènes. Et puis tout s'est précipité ces trois derniers jours comme s'il n'y avait eu qu'une seule journée, beaucoup plus longue, et beaucoup plus dense, avec nos aventures de Patras et d'Olympie.

Martinou dessine moins bien que mon père. Au lieu de cartes de géographie en couleurs, il trace des croquis plutôt géométriques en noir et blanc. Mais je remarque un truc rigolo : quand il s'applique, il tire la langue comme mon père, et il lui ressemble, et pourtant on ne pourrait pas les confondre.

Je me sens bien ici. Je serais volontiers resté jusqu'aux jeux Olympiques.

Mon oncle aussi a failli assister à ceux de Barcelone, en 1992. Il a préféré un voyage et ne les a même pas regardés à la télévision. Pourtant il apprécie autant l'escrime que la gymnastique, hommes ou femmes, amateurs et professionnels. Il considère que l'influence de l'argent dans le sport ne date pas d'aujourd'hui. Il paraît que le vainqueur de la course du stade (celle que j'ai gagnée à Olympie en battant Ménélas sur le fil) gagnait cinquante amphores d'huile d'olive. Il paraît également que ça fait environ 5 000 euros. Quant aux athlètes, ils étaient nourris aux frais de la cité (chouette !) et exemptés d'impôts.

L'après-midi, nous nous rendons sur le site archéologique. Ménélas ne viendra pas car ses parents ont reçu ce matin au

courrier un avertissement : « SILENCE, signé KKK. »

Dans la voiture, je raconte à Martinou des histoires marrantes. Au foot, à l'école, chez Grand-père et Grand-mère, en colonie de vacances, à la maison.

À son tour, il me raconte des histoires de son enfance à lui. L'hiver où Grand-mère avait obtenu son chamois d'or en slalom de ski et l'avait fêté en buvant toute une bouteille de champagne.

— C'est vrai, cette histoire ?

— Et comment !

— Je peux lui dire que tu me l'as racontée ?

— Évidemment ! Ça lui rappellera un bon souvenir !

— Mais pourquoi elle ne m'en a jamais parlé ?

– Tu sais, elle est comme ça ! Elle n'aime pas trop parler d'elle.

– Faut dire qu'avec Grand-père c'est pas facile !

– Dis donc, t'es observateur pour ton âge !

On arrive ainsi à Kefelos sans que je m'en sois aperçu. Rien n'a bougé depuis la dernière fois, ni la barque, ni les ruines, ni les oliviers. Au bout de cinq minutes, Ménélas me manque. On aurait pu reprendre nos épreuves d'athlétisme, en inventer d'autres, jouer simplement au frisbee, ou même gratter ensemble le sol à la recherche de quelques pièces de monnaie que se sont échangées autrefois des paysans et des artisans. Aujourd'hui, et tout seul, je ne suis pas très disposé à entreprendre des fouilles d'autant que j'ai mis mon dernier bermuda propre qui doit me faire encore deux jours.

À la place, je vais et viens. Derrière les ruines du temple d'Apollon, les ouvriers ont entassé des jarres en terre cuite, des grandes, des petites. Au fond d'une jarre, je crois apercevoir un objet qui brille. Je me penche, je touche, on dirait du cuir, je le remonte. C'est un portefeuille en crocodile. Je l'ouvre, et là, vous me croirez ou non, mais je découvre des billets. Je compte, je recompte. 500 euros. Je n'en crois pas mes yeux.

Et là, je crois que je me retrouve devant ce que les adultes appellent un cas de conscience. Car il n'y a pas de papiers d'identité. Est-ce que je garde les billets en replaçant le portefeuille dans la jarre ? Est-ce que je vais donner le portefeuille à Martinou ? Ou alors je peux le lui donner après avoir mis 100 euros dans ma poche — ou plutôt dans ma

chaussette parce que mon bermuda n'a
pas de poche ?

Je tourne en rond. Je tourne autour de la
jarre. Je ne vais pas tout garder. Mais je
n'arrive pas à me décider entre les deux
dernières hypothèses. Finalement, la
meilleure solution c'est de tirer au sort.
Je ramasse un tesson. D'un côté, on voit
une jambe, de l'autre un losange. S'il
retombe sur le losange, je vais donner le
portefeuille à mon oncle. Je le lance.
Je fais une petite prière laïque pour qu'il
retombe sur la jambe. Pas de chance.
Je m'offre une deuxième chance. S'il
retombe sur la jambe, je le lancerai une
troisième fois.

10

ORTHOGRAPHE

Alors que je me lave les dents — parce que même en vacances à Athènes on n'y coupe pas, il faut se laver les dents — je reconnais soudain la voix de Nitsa à la radio. J'avale le dentifrice, je rejoins mon oncle dans le salon. Il me traduit ou plutôt me résume ce qu'elle raconte. En fait, les trafiquants de faux billets d'entrée aux Jeux ont été arrêtés et le cerveau dormira cette nuit en prison. Je demande à Martinou si on a parlé de nous, eh bien non, ni de Ménélas ni de moi (Fausto C.). Ils exagèrent, ils auraient pu nous rendre cette justice.

De toute façon, ce n'est pas ma journée. J'ai promis à mon oncle qu'on irait au musée. Et puis, j'ai un peu mal à l'oreille. Je n'ai pas l'habitude de me plaindre mais je le signale quand même. Martinou me rassure. C'est sans doute le courant d'air dans la voiture l'autre nuit. Et, d'après lui, mieux vaut une otite que les oreillons !

Si je ne suis jamais ravi à l'idée de mettre les pieds dans un musée, je suis souvent enthousiaste quand j'en sors. Pas seulement parce que je retourne dehors, mais aussi parce que j'ai pu voir des objets qui m'ont plu ou me font rêver. Aujourd'hui, j'ai surtout admiré une statue d'homme avec un mouton sur les épaules et des statuettes cycladiques très anciennes qui ressemblent aux figurines en pâte à modeler qu'on modelait à l'école.

Cela dit, le plus beau est à venir.

Une excursion à Marathon. C'est là que les Grecs ont battu les Perses, je veux bien, et de là qu'un soldat en armes a couru jusqu'à Athènes pour annoncer la bonne nouvelle, je veux bien aussi, mais c'est surtout de là qu'est parti le premier marathon des Jeux en 1896. Mon oncle doit y rencontrer un armateur qui ne sait pas quoi faire de son argent et accepte de financer de nouvelles fouilles à Kefelos. On passe prendre Ménélas chez ses parents.

En route, j'apprends que ce marathon donna la plus belle médaille d'or grecque, emportée par un berger nommé Spiridon Louys, qui révéla ses qualités de coureur grâce à une étourderie de son colonel qui avait oublié ses lunettes chez lui et qui fut

épaté par la vitesse à laquelle Spiridon
avait fait les vingt et un kilomètres aller-
retour, en bottes et en uniforme, si
bien que le colonel (qui s'appelait
Papadimantopoulos, un nom à placer
dans la conversation quand on peut, si
on peut) l'avait inscrit au marathon
olympique, après tout ce n'était que
deux fois plus long et Spiridon courrait
en tenue légère, ce qu'il fit, au milieu
d'une affluence considérable, une nuée
d'individus qui escortaient à bicyclette
ou à cheval les vingt-cinq concurrents,
par une chaleur qui provoqua l'abandon
du plus grand nombre, et Spiridon, sans
s'essouffler, sans prendre les boissons
qu'on lui proposait, sans s'arrêter
comme dans une longue longue phrase,
remonta un à un ceux qui le
précédaient, prit la tête de la course,
entendit à peine le coup de canon qui

annonçait son arrivée sur le stade, perçut pourtant l'ovation qui le saluait, avant qu'il ne soit porté en triomphe par les trois fils du roi.

Pendant le rendez-vous de mon oncle, on fait une course de fond avec Ménélas. On arrête au bout d'une petite demi-heure, cuits, poussiéreux, assoiffés. On n'a même plus la force de dialoguer. On calcule qu'on a dû faire cinq kilomètres maximum. Ménélas est magnanime : bien qu'arrivé premier, il partage en deux sa bouteille d'orangeade glacée.

Après sa victoire, Spiridon Louys émit un vœu : disposer d'un cheval et d'une charrette pour transporter l'eau dont il fit commerce jusqu'à la fin de sa vie. Il émit un deuxième vœu : « J'aimerais aussi que mon frère — en prison pour

une bagarre au couteau — soit libéré. »
Il reçut encore des récompenses qu'il
n'avait pas demandées : un billet de
chemin de fer permanent sur les lignes
grecques et une machine à coudre. Il
était devenu un héros, donc un demi-
dieu.

J'ai une légère incertitude d'ortho-
graphe. Dis-moi, on met un « s » à
« héros » ? Après tout, on n'en met pas à
« zéro ».

11

JUBILER

Voilà, on est le 10 juillet, c'est mon dernier jour avec Martinou. Je repars demain matin.

Mais ce soir on a trois places pour assister à un meeting préolympique. On sort avec Alaya. Elle a les yeux encore plus noirs que je me rappelais. On ne croirait pas que du noir puisse être aussi lumineux.
J'ai mis la chemise hawaïenne neuve que mon oncle m'a offerte ce matin, pour rigoler et pour éviter d'avoir à faire une lessive.

Après que la fanfare a joué l'*Hymne à la paix*, Alaya me chante les louanges des femmes aux jeux Olympiques.

Il y a aujourd'hui la jeune Suédoise très belle qui fait des études d'histoire et qui efface la barre du saut en hauteur comme si c'était notre ficelle tendue entre les deux oliviers.

Il y avait autrefois la Gazelle noire qui ressemble sûrement à la copine antillaise de Lilou qui bat tous les garçons à la course.

Il y aura une discobole algérienne dont on reparlera.

Le meeting commence. Je jubile. Je suis émerveillé par les délégations d'athlètes de plusieurs nations, des Éthiopiens et des Équatoriens, des Éthiopiens d'Éthiopie, capitale Addis-Abeba, et des Équatoriens d'Équateur, capitale Quito,

et des Européens et des Chinois.
Je pourrai les regarder à la télévision au
mois d'août.

Mieux encore.

J'ai une idée, de folie, on pourrait
disputer des olympiades à Bagnolet, j'en
parlerai dès mon retour à notre
entraîneur.

Avec mes copains, Kader et Benji et
Minh et Lulu et encore mon cousin
Gino et aussi les filles, on fera briller la
devise : « Plus vite plus haut plus fort. »
Et puis je demanderai à Grand-père s'il
veut bien être juge-arbitre et —comme
je le connais — il faudra le convaincre
de ne pas participer.

Et à la fin, j'enverrai une lettre à
Ménélas pour lui narrer par le menu nos
modestes mais splendides exploits et une
autre à Martinou pour tout lui raconter

et le jour où je recevrai sa réponse
peut-être que je rejouerai au foot
comme un dieu.

Achevé d'imprimer en mai 2004
sur les presses de CCIF
à Saint-Germain-du-Puy (18) - France
Dépôt légal : mai 2004

Dans la même collection :